中山みなと

天窓

文芸社

◇ 天窓 ◇

目次

再会	片想い	六月	宝物	どんぐり	海	記念日	空
39	43	47	51	53	55	57	61

天窓

月あかり天の窓からこぼれては
私の躰綺麗にてらす

幼い恋

拒んだら嫌われそうでこわかった
すべてを許すはじめての恋

十七歳まわりが見えず突き進む
知らなかったよ恋するパワー

夢がある若さの無謀感じても
今しかできぬ事をしようよ

天窓

薬指そっと隠してくちづけた
人には言えぬ恋のはじまり
ひとり身を装い私振舞えば
秘密の恋が私を変える
大人びた恋をしている背のびして
知らない世界あなたと見たい

制服のボタンはずした熱い手が
幼い胸をやさしくつつむ

夜の顔キレイな私見せたくて
誰にも告げず家をぬけ出す

火をつけたあなたのタバコ煙たくて
咳こむ私見つめる瞳

天窓

かなわない遠い未来の約束を
信じる事が私のすべて

大好きなあなたに合わせ髪形や
服の好みもすべてをかえた

守るべき女《ひと》がいる事わかってる
それでもいいと一途に想う

今だけは私が家に帰るまで
考えないでお願いだから

やすらぎはお前にあると抱きよせた
やさしい嘘を信じる私

「いつかまた」約束しても会えなくて
わかっているよでも愛してる

二番目に慣れてしまった毎日に
終わりを告げる勇気がなくて

永遠の愛を誓った女《ひと》がいる
だけどあなたは私を縛る

私にはすべてだったのあなたには
捨てる事など無理な話ね

天窓

恋の終わり

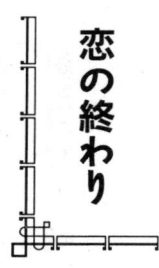

ひざまずき許しを求めすがりつく
ほんとは私悪くないのに…

手をあげるあなたの愛に脅えてる
キツイ言葉に体がすくむ

夜の闇殴るあなたに耐えられず
車を降りて途方に暮れる

天窓

目を閉じて声をころして抱かれてる
私の心あなたに届け
いくつもの眠れぬ夜を思い出す
あなたのそばで眠りたかった

四年間

真っ白な雪に埋もれてこの躰
キレイになれば君にあげるよ

ねぇ誰かこのせつなさを彼だけに
伝えるすべを教えて下さい

見ていてねキレイになるよ誰よりも
だってあなたがそばにいるから

天窓

今度こそ幸せになる決めたのに
踏んでしまった恋の修羅場

さよならを繰り返してもかわらずに
平気な顔で会いに来る人

風呂にいる彼女《おんな》いぬ間に私抱く
二股男泥沼の恋

今夜こそもどってくると信じてる
バカな自分《おんな》が今日もひとり

扇風機濡れた髪の毛乾かして
チューハイ飲んで夜に洗濯

好きだけど強い女になれないよ
あの子を抱いたあなたはキライ

どうしてもいちばん好きな君でしか
私を泣かすことは出来ない
溺れてる私の恋のせつなさは
苦しみさえも想いにかわる
四年間ずっとあなたが好きでした
くやしいけれど夢中でした

天窓

泣かないで頑張ったねと七月の
青空見上げこぐ自転車

「あいつにはオレしかいない」
彼が言う我を手放すこともしないで

天窓

どうしてもいちばん好きなあんたしか
私を泣かす事は出来ひん
いややねん他の子の事見んといて
なんでこんなにせつないんやろ……

秋

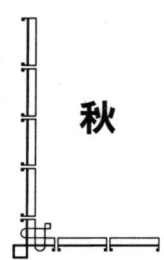

つらい恋いっぱいしたよ悲しくて
誰かにすがり泣いた夜《よ》もある

そばにいて癒せぬ心受け止めて
泣かせてくれた彼は友達

秋の夜無くした恋の淋しさで
抱かれたことに後悔はない

天窓

あなたとは愛し合うこと予感していた
一夜かぎりの出来事だけど
遠い日の出逢いと別れ鮮やかに
我が愛したいとおしい男《ヒト》

共犯者

泣き方や愛し方まで見せてきた
いちばん近い彼は友達

親友でいたい日もある二人きり
肩よせ合って何も話さず

真夜中の電話を受けて君の部屋
氷枕を届けに走る

天窓

まっすぐな君の瞳が眩しくて
嘘をつくのがこわくて逃げた

嬉しくて誰かに聞いてほしい日は
やっぱり君の顔が浮かぶよ

同い年幼さ残る男の子
やさしい気持ち気づかずにいた

気がつけばいつもとなりに君がいた
別れの夜の熱い抱擁

映画館君とのキスは三度目で
ドキドキしてる今さらなのに

そばにいてさみしい時は電話して
かならず私会いにゆくから

理解してもらえなくてもかまわない
彼と私は共犯者

近すぎて恋じゃないと思ってた
離れて気づく君が恋しい

天窓

再会

なつかしい君と話せばお互いに
かわらぬ気持ち嬉しくおもう

おぼえてる？　ひとつになった日の事を
会えなくなるのつらくて泣いた

本当は望んでいたのあの夜を
「時効だよね」と笑ってみせた

天窓

「平気だよ」君が好きだと言えなくて
愛が遠くへ行くのが見えた

本当は泣きたかったのおもいきり
だけど君には強がりばかり

君の腕素直にこの身あずけたら
今頃二人恋人だった？

忘れないどんなに遠く離れても
君と過ごした懐かしい日々

片想い

生きているあなたに会えて気づいたの
こんな自分を好きでいたいと

雨音が静かに響くひとりの夜《よ》
あなたを想い自分を抱くの

何気ないあなたのしぐさ大好きで
どんな時でも見つめてる

天窓

君だけは幸せにしてあの人を
信じてみたい永遠の愛

六月

「抱きたい」と言われて思う抱かれれば
「あなたが好き」と言えるだろうか

最後の夜《よ》抱きしめられて腕の中
「幸せになれ」君がそう言う

大事だと君に言われて頷けば
ふたりの恋が想い出になる

天窓

六月の花嫁君が抱きよせた
私を抱いた腕の中へと

宝物

いのち抱きちいさな鼓動感じれば
子を成す事の幸せおもう

母の愛知らずに育つ私でも
我が子に逢いて知る母の愛

大人にはとてもささいな約束を
大事にしたい子供のように

どんぐり

手のひらにどんぐりふたつさみしいね
みっつにしようふたりで探す

海

何だろう？　ぐにゅぐにゅう？　わかったぞ！
これが噂の胎動なんだ

プカプカと羊水の海泳いでる
ママに逢いたいキックで合図

こんにちはやっと逢えたね待ってたよ
はじめましてのキスをしようよ

記念日

お気にいりメリーを見てる首かしげ
音が止んだらおやすみなさい

足の裏耳たぶなみのやわらかさ
さわりたくなる起こしてゴメン

なぜ泣くの？　おっぱいオムツだっこかな？
新米ママは悩んでばかり

天窓

毎日が記念日だらけ王子様
おっぱい吐いたへその緒とれた

三月の季節はずれの銀世界
君を抱《いだ》いて窓から眺め

カタチいい君のまぁるい後頭部
抱き癖ついたおかげなのかな？

初めての春のお散歩君の瞳《め》に
うつる全ては輝く世界

空

はいはいで行くぞ元気にどこまでも
君の冒険よーいスタート！

「あれなぁに？」不思議だらけの毎日は
ママにとっても新鮮なんだ

君の目の高さに合わせ見渡せば
空まで広く見えちゃうんだ

天窓

思い出す大人になって忘れてた
あの日の世界君が見てるね

初恋

おめでとう大きすぎたねベレー帽
桜の下で入園式

道端に落ちてるモノが宝物
きれいな石にちいさな葉っぱ

雪だるまお外でひとりかわいそう
大事にしてねやさしい気持ち

天窓

青い目の幼い君の想い人
かわいいい恋が実るといいね

涙

あなたはね愛され生まれここにいる
守ってあげる信じていいよ

年末の大雪降った坂道で
こけた三日後あなたを産んだ
ママの胸君が初めて吸った時
涙があふれ止まらなかった

天窓

パパとママ子供の頃に憧れた
家族の時間君にあげたい
聞いていい？　お母さんってどんなモノ？
私ちゃんと母親してる？
泣き虫なママでごめんね君の事
守るつもりが今日は逆

真実をいつかあなたに伝えたい
少しこわいな勇気が欲しい

ありがとう

ありがとう幸せくれる宝物
君がいるから強くなれるよ
母《かあ》たんにお土産あるよちいさな手
ひらいて見せた秋色木の実

出逢い

導かれ二人は出逢う運命の
恋をするのは君達次第

欲しかったほんとの自分受け止めて
いつも笑っていてくれる人

さくら草見つけて私ほほ笑《え》めば
「君らしいね」とあなたが笑う

天窓

手をつなぎ歩いてみたいそんな夢
かなえてくれた年下の君

夏の夜

うつむいて立ち去るあなた引き止める
言葉がなくてただ抱きしめた

三度目の夜にはじめてささやいた
やっと言えたねほんとの気持ち

はじめてのやさしいキスにときめいた
ふるえていたのいい歳をして

天窓

熱い胸やさしい声で抱きよせる
君の瞳がせつなく見えた

愛を知り自分の中の激しさと
脆さに怯え戸惑う私

この躰強く抱いてて痛いほど
言葉にできぬ君への想い

抱き合ってひとつになって君の中
溶け込みたくてもっと奥まで
つかの間の夜の恋人せつなくて
時間を忘れより添う二人

天窓

この部屋はひとりきりでは広すぎて
早くあなたを抱きしめたくて

冷蔵庫

夏の夜あなたを追えず座り込む
試してるの？　私の気持ち

君の過去汚れ少なき女達《ひと》を
羨むほどに恋をしてきた

私にははずせぬ指輪知りたいの
あなたの指にまだありますか？

天窓

夢の中あなたを探し泣いている
自分の声で目覚める私

携帯に哀しく残る君からの
受信メール愛しい記録

震えてる失う事がもう一度
こわいと思う女になった

黙り込む怒るあなたの悪い癖
いつまで待てばわかり合えるの?

枕元鳴らない電話置いて寝る
あなたがいない三度目の夏

待つ事になれてる私ひとりきり
君にはきっと耐えられないよ

天窓

君を待ち灯した明かり朝になり
光に負けて見えなくなった

さよならを告げてあなたがいなくなる
笑顔もキスもやさしさもない

はぐくんだ二人の二年終わる日の
洗濯カゴに君の靴下

淋しくて泣きたい夜は冷蔵庫
背にして座る膝をかかえて

とめどなくこぼれ落ちてく涙には
伝えられない想いあふれる

キッチンで足を投げ出し寝転んだ
あきらめようと心に誓う

カケヒキ

オトコ運無いねと言われ思い出す
恋の歴史を十三年

いい加減忘れなきゃね身勝手な
君の事など記念日までに

カケヒキを未だ使えず飛び込めば
「イノシシ年」と友達笑う

天窓

戻るなら頭のひとつ下げさせろ！
強気な友にいつも叱られ

待ってるわあんたの事が好きやもん
忘れんといてなここにいるから

帰りたい

恋心みっつ並んだハブラシと
君との時間捨てられなくて

「帰りたい」君がつぶやき黙り込む
今さらながら勝手な人ね

寂しげな電話の声にもう一度
信じてあげる二度目はないよ

天窓

ドアを開けすまなさそうな顔を見て
友の言葉は空の彼方へ
もう二度と離れないでねつないだ手
離さないから覚悟してよね
お互いに距離をおいたあの日々は
無駄じゃないね？　これでいいよね？

好きやから一緒にいよこれからも
ついて行くから離さんといて

ズルイヒト

年下の男は子供決めつけて
安心してた後で後悔

怒ってる素直に気持ち言えなくて
今夜も君に抱かれてしまう

とけてゆくくちびる重ね腕の中
言いたい言葉言えずに終わる

天窓

心だけそばにおいてと嘘をつく
いつまで続くいい子のガマン

大好きな雨の音さえ苦しくて
君だけを待つ何もない夜

狂いそう長い時間をひとりきり
待つ事だけで今日が終わる

くやしいな一度くらいは私でも
強気なセリフ言ってみたいよ
ズルイヒトわがまま言うよ今夜こそ
寝ないで聞いて私のハナシ
甘くみてよそ見してたら知らないよ
ひとりにしたら後悔するよ

天窓

プロポーズされたよ君がいないから
少しくらいはアセってくれる？

自分から離れておいてよく言うよ
「もうオレの事嫌いになった？」

わかってたあなたがきっと戻るって！
イジワルするよ泣いたんだから！

君のこと許してるのは私だけ
敵は多いよ頑張ってよね

笑ってるあなたの顔もその声も
夢じゃないと証拠見せて

目を見てねうたぐり深くなってるの
可愛くないと怒らないでね

天窓

甘くみてよそ見してたら知らんから
ひとりにしたら後悔するで
目を見てなうたぐり深くなってんの
可愛くないと怒らんといて

情熱

傷つけて折れてもいいよ抱きしめて
跡が残ってしまうくらいに

熱い肌しがみつく手をつかまえて
どこか遠くへいきそうだから

求め合い君のすべてを受けとめて
潤む瞳で名をよぶ私

天窓

そばにきて名前を呼んで何度でも
もっと近くで感じたいから

燃えあがりのけぞる躰つないでる
熱い二人の瞬間《いま》を見ていて

愛してる君のその手でこの胸の
不安な気持ち壊して欲しい

離れてもあなたがそばにいるような
躰に残るせつない痛み

ストーブ

一人の夜《よ》愛しき人の移り香を
抱きしめ眠る夢で愛して

くるまった毛布の中で君を待つ
白い息はくストーブの前

目覚めたら寝顔がふたつ幸せな
朝をむかえた十一月

天窓

冬の空澄んだ空気を吸いながら
夜空の星を君と見上げる

君の髪冬のにおいがしてるよと
白い息はきあなたが笑う

雨の夜冷えたあなたをあたためる
ことすらできぬ私の躰

服を脱ぎ自分《いつも》と違うにおいする
髪にはタバコ肌にはあなた

冷えきったつめたい躰あたためて
熱いしずくが背中をつたう

青い空君と過ごした冬おわり
桜見にゆく弁当持って

雨上がり飛びこえ走る水たまり
はしゃぐ子供ふたりで見つめ
誓ってね死がこの二人別《わか》つまで
デートの時は手をつなごうね

天窓

月あかり

胸もとのボタンをはずす君の手で
恥じらう私夢中にさせて

ささやかれ熱い吐息を感じれば
期待をこめてあなたを包む

肌あわせ潤む私がからみつく
素直な躰君だけの物

天窓

くちづけで熱い内部を探られて
天をあおいだ我の爪先
愛しげに肌にふれては確かめる
あなたに抱かれ隣で眠る
髪を撫で軽くおでこにキスされた
シーツの中の夢と現実

背中から抱きしめる腕おだやかな
寝息とともに私を包む
月あかり天の窓からこぼれては
二人の躰綺麗にてらす

著者プロフィール

中山 みなと（なかやま みなと）

昭和46年12月20日生まれ。
京都府京都市出身。
一児の母。

天　窓

2002年3月15日　初版第1刷発行

著　者　中山 みなと
発行者　瓜谷 綱延
発行所　株式会社 文芸社
〒160-0022　東京都新宿区新宿1-10-1
電話　03-5369-3060（代表）
03-5369-2299（営業）
振替　00190-8-728265
印刷所　図書印刷株式会社

ISBN4-8355-3324-0 C0092